HENRI D'ERVILLE

THÉATRE A GIORNO

LA LÉGENDE DE L'ÉPÉE. — LA MUSE DU LOUVRE.

LE CONGRÈS DES MUSES. — GENÈVE. — LE TRIOMPHE.

SCHILLER. — PARIS NOUVEAU. — LES EMBARRAS DE LA COMÉDIE.

MADEMOISELLE DE ROMANET. — LE FUSIL ET L'AIGUILLE.

— LA TRADITION —

PARIS

LIBRAIRIE CENTRALE

24, BOULEVARD DES ITALIENS

1866

THÉATRE A GIORNO

Paris. — Imp. Émile Voitelain et C°, rue J. J.-Rousseau, 15

HENRI D'ERVILLE

THÉATRE A GIORNO

LA LÉGENDE DE L'ÉPÉE. — LA MUSE DU LOUVRE.

LE CONGRÈS DES MUSES. — GENÈVE. — LE TRIOMPHE.

SCHILLER. — PARIS NOUVEAU. — LES EMBARRAS DE LA COMÉDIE.

MADEMOISELLE DE ROMANET. — LE FUSIL ET L'AIGUILLE.

— LA TRADITION —

PARIS

LIBRAIRIE CENTRALE

21, BOULEVARD DES ITALIENS

1866

PERSONNAGES

LE GÉNIE DE L'AVENIR. .   Mme Ferdinand Sallart.
LA CHARITÉ.. . . . .   Mlle Gilbert.

Chœur des Jeunes Filles. — Chœur des Peuples

Musique de M. Hector Salomon.

LA

LÉGENDE DE L'ÉPÉE

Cantate exécutée au Théâtre-Lyrique impérial le 15 août 1866

La scène représente une vallée où trois campements sont indiqués,
le matin d'une bataille.

SCÈNE PREMIÈRE

CHŒUR DES PEUPLES

Livrons la dernière bataille !
Et, vaincus ou victorieux,
Si nous tombons sous la mitraille,
Mourons, où sont morts nos Aïeux !

UN LOMBARD

Pourquoi ne sont-ils pas venus
Achever l'œuvre à moitié faite ?
De nos Capitales en fête,
Les chemins leur étaient connus.
Voici la besogne à son faîte...
Pourquoi ne sont-ils pas venus ?

UN GERMAIN

De Barberousse l'Empereur,
Le Rhin a vu frémir le glaive.
La jeune Allemagne se lève,
Et pousse un cri libérateur.
Le Rhin a vu frémir le glaive...
De Barberousse l'Empereur.

CHŒUR DES PEUPLES

Livrons la dernière bataille,

Etc., etc.,

> Musique guerrière à l'orchestre, puis
> prélude de harpes.

SCÈNE II

LA CHARITÉ. — CHOEUR DES JEUNES FILLES

LE CHŒUR

Messagères de paix, le Seigneur nous envoie.
Nous allons, répandant l'espérance et la joie
  Parmi la guerre et ses terreurs ;
Et, c'est pour prendre part à nos luttes bénies,
Que le Dieu juste assied de bienfaisants Génies
  A la droite des Empereurs.

LA CHARITÉ

Stances

Sourdine à l'orchestre

La Paix à l'horizon se lève.
Peuples ! laissez dormir le glaive.
L'Europe demande merci.
Que la Haine fasse silence !
Je suis la Sœur de la Vaillance :
La Charité, Française aussi.

Des Puissants éclairant la route,
J'interroge, d'un œil qui doute,
L'avenir des jours triomphants ;
Et mon front porte une couronne
Faite des larmes de l'aumône,
Et du doux merci des enfants.

Celui que garde mon sourire,
Dans l'Histoire, un jour, pourra lire
Sous quels titres on m'invoqua :
Paris disait : la Belle et Bonne ;
Amiens m'appelait sa Patronne....
Et la Lorraine... Leizinska.

La Paix à l'horizon se lève.
Peuples ! laissez dormir le glaive.
L'Europe demande merci.
Que la Haine fasse silence !
Je suis la Sœur de la Vaillance :
La Charité, Française aussi.

CHŒUR DES JEUNES FILLES

Ils hésitent... viens donc désarmer leur menace,
Esprit de l'Occident! fait de calme et d'audace,
     Espoir des faibles abattus!
Et toi, retourne, ô Muse! héroïne de l'âme!
A l'ombre impériale, où, brille en douce flamme,
     Le sourire de tes vertus.

CHŒUR DES PEUPLES

Récit

     Debout, dans l'œuvre commencée,
     Le Prince, à lui-même pareil,
     Vit, l'œil fixé sur sa pensée,
     Comme l'Aigle sur le soleil.

     Ses Vétérans, ses Capitaines,
     Tressaillant au bruit du canon,
     Brûlent d'aller revoir ces plaines
     Où plus d'un mérita son nom.

     Lui, pour un dessein qu'il doit taire,
     Ménageant leur vieille valeur,
     De son épée héréditaire
     Il fait un sceptre protecteur.

     Il sait — l'homme à la main puissante! —
     Ployer au travail du Progrès
     La Destinée obéissante,
     Et lui dire : — c'est bien! après? —

Il sait qu'elle vit dans l'Histoire
Cette Paix au calme fervent,
Qu'on métamorphose en victoire,
Avec ce seul mot : en avant !

SCÈNE III

Le théâtre s'ouvre et montre un champ pavoisé de tous les drapeaux de l'Europe. Au milieu, sur un trône, le Génie de l'Avenir
entouré des Muses et des Arts.

LE GÉNIE DE L'AVENIR

La France aux échos de la Gloire
Avait assez appris son nom.
Il lui manquait une victoire :
C'était de vaincre sans canon.
De la Paix arbitre féconde,
Écoutez, Peuples et Césars !
Sa grande voix qui jette au Monde
L'appel du Travail et des Arts.

Voyez-la, désarmant le nombre,
Borner la course du vainqueur;
Au Peuple-Apprenti prêter l'ombre
De son drapeau libérateur.
Devant son paisible langage,
Inclinez-vous, Rois et Césars...
La France, ici, pour vous s'engage,
Au nom du Travail et des Arts.

Je veux, énumérant les richesses des âges,
Unanime trésor fait de trésors épars,
Dire leur bienvenue à vos grandes images,
Vétérans du Passé qui gardez mes remparts !

II

Le Louvre est achevé, l'Histoire recommence.
Héréditaire effort d'une pensée immense,
L'œuvre, qui de dix rois avait lassé la main,
Dans nos grands horizons, s'est ouvert un chemin.
Deux lignes de palais, splendides galeries,
Ont amené le Louvre au seuil des Tuileries.
Leurs murs, sur un cloaque autrefois suspendus,
Après s'être cent ans l'un et l'autre attendus,
Ont, comme deux lutteurs se jetant leur ceinture,
Serré les nœuds puissants de leur architecture.

Et, maintenant, assis dans sa grande unité,
Par des palais rivaux le Louvre limité,
Rivoli sur un flanc, et, sur l'autre, le fleuve,
Regarde, à ses côtés, monter la cité neuve !

Historique poëme, où passent, tour à tour,
François-Premier aux arts initiant sa cour ;
Louis, de ce même or qu'à Versaille il prodigue,
Donnant sa Colonnade à la Seine pour digue ;

Louis, qui du grand siècle inaugurant les noms,
S'il ne les bâtit point, peuple nos Parthénons;
Napoléon enfin, ce sculpteur de l'épée,
Qui transforma le Louvre en guerrière épopée,
Et qui l'eût terminé, si, las de le rêver,
Au prix d'une victoire il eût pu l'achever!

III

Héritiers de sa gloire et non de ses orages,
Nous devions, acquittant la promesse des âges,
    Clore l'œuvre des Rois.
A de pareils travaux lorsque l'homme s'attache,
Il n'est pas étonnant que, ployé sous la tâche,
    Il s'y prenne à deux fois.

L'âge que Dieu choisit pour signer l'œuvre entière,
A pétrir dans sa main le temps et la matière
    Ne saurait se borner;
Il faut que sur le bien d'un empire il se fonde;
Et qu'il ait, deux fois grand, pacifié le Monde,
    Avant de l'étonner.

Notre siècle l'a fait — pendant qu'à notre armée
Vengeresse du droit, des monts de la Crimée
    Il traçait le chemin,
Il achevait le Louvre en moins de cinq années,
Aux victoires d'hier donnant, près des aînées,
    Leur temple au lendemain!

IV

Tu peux, déguisant ta jeunesse
O Louvre ! sous ton unité,
Mettre le fard de la vieillèsse
A ta précoce éternité.

Tu peux, sous ton triple portique,
Faire sa place à l'avenir :
Au Panthéon patriotique
Tous les âges pourront tenir !

Dignes de la Race guerrière
Qu'immortalisent nos marteaux,
Il nous reste encor de la pierre
Pour y tailler des piédestaux !

Deviens, ô géant centenaire,
Par le travail édifié,
La grande promesse d'une ère
Qui touche à peine à sa moitié !

Sois la voix, sois la conscience
Des Peuples du progrès épris,
Nouveau Louvre, Arche d'alliance
Au milieu du nouveau Paris !

LE CONGRÈS DES MUSES

LA MUSE DU VAUDEVILLE

15 août 1857.

Je suis Muse, et partant, bavarde.
Aussi n'est-ce point, en ce jour,
Sans effroi, que je me hasarde
A dire mon mot à mon tour.

Sur mon compte, de par la ville,
Moi, la fille du Vaudeville,
Je sais qu'il court de méchants bruits;
Que je raille, — dit-on, — dans ma verve incivile,
Les poëmes à coups de Richelet construits;
Que j'ai la tète folle et qu'à tort je me pique
De traiter lestement une matière épique.

Je ne médirai point des vers qu'on dit ailleurs,
J'ai pour cela des raisons péremptoires:
Je ferai mes vers courts afin qu'ils soient meilleurs.
Je ne tresserai point les lauriers, les victoires.

Si l'envieux sur moi veut jeter son réseau,
  Riant au nez des plus rebelles,
  Je leur dirai, — comme l'oiseau, —
  Je suis Muse : voyez mes ailes.

  Sachez donc que je viens tout droit
  D'un cabaret de Belleville,
Où les Muses, mes sœurs, ont élu domicile ;
Les démolitions qui mettent bas la ville
  Ne leur laissant pas d'autre endroit.
La séance jamais ne fut plus imposante ;
  Hormis ce point qu'on parla... qu'on parla !
Les Muses (du travers je ne suis pas exempte)
  Sont un peu femmes par cela.

  On voyait là deux nouvelles venues,
  — Muses jusqu'alors inconnues,
Mais à qui la fortune et la cherté des cours
Ont au docte Sénat donné droit de concours : —
  L'une, Muse de l'Industrie,
Muse austère au front chauve, à la face maigrie,
  Semblant toujours, et du doigt et des yeux,
  Suivre un calcul audacieux ;
  L'autre, sa sœur de la Finance,
  Pratiquant fort peu l'abstinence ;
  De par le bonhomme Plutus,
  Apparentée avec Comus ;
A ses dépens prêtant parfois à rire,
  A s'exprimer ayant du mal ;
  Mais au-dessus de la satire...
  Car, elle acquitte le local.

D'opinions c'était une mêlée.
Grave était le sujet vraiment :
Il s'agissait, dans la docte assemblée,
De faire choix d'une Muse zélée,
Pour porter notre compliment
Au Prince qui nous donne au Louvre un logement.
Chacune, prétendant l'honneur de la harangue,
Jouait de son mieux de la langue.

Pour moi, disait Clio, je ne m'explique pas
Que l'on prolonge ainsi d'inutiles débats.
Le moderne Paris est une histoire épique;
Le Louvre est la préface où le livre s'explique;
Les grands hommes, debout, du Temple sont la voix.
Seule, je puis chanter l'ère que j'entrevois! —

La Peinture et l'Architecture
Disaient: —Nos droits sont éclatans ;
Qui pourra mieux fixer l'augure
Du spécimen que nous léguons au temps? —

— Moi, dit la Muse Populaire,
Je n'y mets pas tant de façon.
Plus que vous certaine de plaire,
Du Travail je suis la chanson !

Dame Finance consultée,
Tapant sur son ventre replet,
Pour argument, fit, de sa main gantée,
Rendre un son mat à son gilet.

Bref, chacune si haut fit sonner son mérite,
      Que, — tous droits égaux désormais, —
Il fut dit : qu'on devrait adresser, au plus vite,
      Au Prince, qui n'en pouvait mais :
      — Quinze actes de pièce inédite,
Dix cantates, vingt-deux poëmes, huit sonnets,
— Sans compter trois colis de prose manuscrite : —
Mais que, pour éviter un fâcheux embarras
A la Postérité qui ne les lira pas,
Au Prince que son œuvre exalte d'elle-même,
Par un rescrit daté du nouveau Parthénon,
      On enverrait un diadème...
      De petits Louvres à son nom.

GENÈVE

LES TROIS ÉPOQUES

Voyez, au flanc du mont, ces tortueuses rues
Où grondent à l'étroit les familles accrues;
Où l'heure, que le Monde apprendra de leur main,
Est un échange heureux de travail et de gain;
Ces flots où la vapeur impatiente fume,
Où, sous la roue en pleurs, l'eau jaillit en écume.
Comptez, du vieux Molard aux modernes Paquis,
Ces bazars regorgeant de trésors bien acquis.
Regardez, sur la rive élargissant sa trace,
La Cité qui se mire au lac bleu qu'elle embrasse,
Et, dans l'îlot étroit dont l'eau ronge le bord,
L'éternel Philosophe assis au seuil du Port.

C'est la Reine du Lac, l'opulente marchande;
Genève, la cité plus riche encor que grande,

Genève, qui s'ouvrant libre de toutes parts,
N'a que des citoyens et n'a pas de remparts.

Au point de jonction de trois Nations mise,
Par trois fois, la Pensée à ses murs s'est assise ;
Religieuse avec la Réforme et Calvin ;
Humaine avec Rousseau qu'elle bannit en vain ;
Moderne enfin, et, grâce aux trésors qu'elle entasse,
Bâtissant ces chemins qui, par delà l'espace,
Des villes, confondant leur hospitalité,
Font autant de faubourgs d'une même cité !

Ah ! ces marques du Temps qu'un jour fait disparaître,
Ces murs noircis qui vont s'effondrer pour renaître,
Cette ville en rumeur qui, cherchant son niveau,
Aligne au bord du lac un domaine nouveau ;
Ces hautaines maisons aux fenêtres pareilles,
Aux vitres chaque soir scintillantes de veilles,
Ces porches, ces arceaux qui retracent aux yeux
La longue hérédité du travail des Aïeux ;
Ces quartiers populeux entremêlant leurs trames,
Des Temps évanouis ont vu passer les drames.

Ce n'était point au son d'un orchestre de bal,
Qu'alors, comme un pendule au mouvement égal,
L'Humanité, passant de l'ombre à la lumière,
Mesurait les instants dans sa prison de pierre.

Parfois, aux escaliers tortueux des faubourgs,
Dans l'ombre, en entendait gronder les beffrois sourds,

Ou les sombres rumeurs des discordes civiles
Que la Religion secouait sur les villes.
Par le tyran Germain en hâte déserté,
L'écho du lac disait : victoire et liberté.
Pour qu'un jour la Pensée obtint le droit de vivre,
On jetait au bûcher un homme ou bien un livre.

Penchés sur l'avenir comme sur un trésor,
Ceux dont l'altier génie avait pris son essor,
Ceux dont l'œil pouvait voir, par delà les orages,
Des Temps prédestinés se lever les présages ;
Ces Savants qu'on voyait, courbés sur leur creuset,
Vieillir dans cette foi que le Peuple accusait ;
Ces Sages qu'on brûlait comme de faux-prophètes,
Noirs fantômes jetés aux tourbillons des fêtes ;
Tous, quand un craquement venait les étonner,
Ils écoutaient, tremblants, si l'heure allait sonner.
L'œil sur l'humanité, comptant l'étape faite,
Du vieux passé détruit ils chantaient la défaite ;
Et, Bardes d'avenir par Dieu même inspiré,
Célébraient les destins des hommes délivrés.

Mais la rumeur passait au pied des tours massives.
La Révolution s'affaissait dans ses rives ;
Dessinant, comme un phare à côté de l'écueil,
Quelque roc couronné d'espérance ou de deuil.

Par la foi, par l'esprit et le doute guidée,
L'Humanité marchait dans cette triple idée :
De la Religion en appelant à Dieu ;
Se faisant d'elle-même un stérile milieu ;

Ignorante et crédule aux premiers jours de lutte,
Se riant du Passé qui menaçait de chute;
Railleuse, indifférente, et, pour suprême loi
Proclamant la matière et le culte de soi.

Ainsi, faisant parler les fastes de l'Histoire,
Sous les deuils d'autrefois, j'évoquais chaque gloire.
Je frappais à ces murs encore palpitants
Des sanglots qu'y laissa l'enfantement des temps;
Suivant, de seuil en seuil, les libertés en quête
De ce que peut coûter leur tardive conquête.

Mais, quels cris jusqu'à moi sont tout-à-coup montés?
La bataille est finie et les morts sont comptés.
Des ombres du Passé l'avenir se dégage.
Chaque épreuve est un pas, chaque triomphe un gage.
Les bûchers sont éteints, où s'ils fument encor,
C'est pour que la Vapeur en reçoive l'essor.

Aux luttes de la Foi qui divisaient nos pères,
Au fanatisme étroit captif en ses repaires,
Une religion a succédé partout,
Triple culte de l'art du bien-être et du goût,
Qui, réconciliant la foule à sa pratique,
Contre mille croyants, n'a pas un hérétique.
La Liberté qu'on vit, jalouse de ses droits,
Mettre aux prises cent ans les Peuples et les Rois,
A ces jeux d'autrefois ne borne plus sa tâche :
C'est à l'Humanité seule qu'elle s'attache.
Elle fait alliance avec ses intérêts :
La Liberté n'est plus un mot, — c'est un progrès.

Progrès et Liberté ! Genève a l'un et l'autre.
La Révolution dont Rousseau fut l'apôtre,
Dans nos dissensions a trouvé son écueil ;
Nous en avons, la honte au front, mené le deuil.
Mais cette liberté qui nous arriva d'elle,
Genève en entretient la pratique fidèle.
Aux institutions gardant pure sa foi ;
Elle seule en Europe obéit à la loi.
Son enceinte grandit, son commerce prospère.
Son gouvernement vit dans le bien qu'il opère,
Dans l'intérêt de tous sagement concerté.
Qui n'a pas la raison n'a pas la liberté !

Vous parez bien son front, fêtes de l'Industrie,
Elle qui garde pur le saint nom de Patrie ;
Qui s'ouvrant large et grande à son nouveau chemin,
A ses hôtes peut tendre une loyale main.
Elle met son empreinte aux fêtes qu'elle donne.
La commune pensée en spectacle y rayonne ;
Et, comme elle n'admet ni valets ni flatteurs,
L'allégresse n'a point de prestiges menteurs.

L'Étranger que Genève à ses splendeurs convie,
Sur cette foule éparse arrête un œil d'envie.
Il regarde ce lac plein de vivants sillons,
Où barques et vaisseaux mêlent leurs pavillons ;
Ces cortéges, au bruit d'une marche guerrière,
Sur la cité nouvelle inclinant leur bannière.
Il entend, comme un legs des Aïeux triomphants,
Ces hymnes que la Suisse enseigne à ses enfants ;

L'orchestre, frémissant aux vitres des croisées,
De guirlandes en feu sur trois rangs pavoisées;
Et, quand le flot humain se fait silencieux,
La poudre, en gerbes d'or, éclatant dans les cieux.

Il lui semble, l'esclave assis à cette fête,
Que l'entrave est brisée et que la tâche est faite,
Et que, jusqu'à sa honte, il peut tout expier,
Quand, sur un pavé libre, il a posé le pied.

LE TRIOMPHE

Strophes lues sur la scène du Vaudeville, le 15 août 1859
(Mlle Jane Essler)

C'était hier ! — nos Ports vidaient leurs rades pleines.
Les armes, sur les quais, frémissaient en amas.
On voyait fourmiller les cohortes humaines,
    Parmi les Vapeurs et les mâts.

La Méditerranée, en ses chemins sans nombre,
Portait aux bords Génois de vivants arsenaux ;
Et l'horizon des nuits montrait, — émaillant l'ombre, —
    La gerbe pourpre des signaux.

C'était hier ! — partout, recueillie, aux écoutes,
La France, de son cœur comptant les battements,
Entendait résonner, sur le pavé des routes,
    Les canons et les régiments.

Et les voici ! — simples et graves
Dans l'universelle fierté ! —
Deux mois suffirent à ces braves
Pour leur œuvre de liberté.

Les voici ! — soldats hauts de taille ;
Glorieux blessés consolés ;
Zouaves, démons de bataille,
Dont les Rois sont les enrôlés.

Ils reviennent ! et, dans leur gloire,
Le temps a pris si peu de part ;
Le retour, comme la victoire,
Toucha de si près au départ :

Que l'Italie, à leur vaillance,
Pourrait jeter les mêmes fleurs
Dont elle avait semé, d'avance,
Les pas de ses Libérateurs.

C'est que le temps n'est plus de ses luttes sans terme,
De ce conflit humain sans cesse renaissant ;
Dans le droit aujourd'hui la victoire s'enferme ;
Et c'est avoir vaincu que d'épargner le sang.

Les Peuples font divorce avec les vieilles haines.
Si la Guerre parfois vient encore attiser
Le foyer ravivé des discordes humaines,
Son excuse est d'unir et de civiliser.

Vous étiez les soldats de la grande Patrie
O vainqueurs d'Italie, alors que vous alliez
Ressusciter l'Empire et la Chevalerie
Dont vous suiviez la trace et que vous égaliez.

D'avenir et de paix intrépides apôtres,
Vous couronniez un Peuple en couronnant son Roi :
— Tu n'as plus—disiez-vous—rien à craindre des autres :
Sois-uni — pour n'avoir rien à craindre de toi.

En voyant votre main loyalement se tendre,
La vieille Europe en vain aura pu s'étonner.
Elle sait, qu'aujourd'hui, vous marchez sans l'attendre ;
Et que, si vous prenez — Soldats ! c'est pour donner.

Salut à ces grands noms que le Triomphe allie,
Et que l'Histoire apprend une seconde fois !
Salut ! Libérateurs de l'antique Italie,
Faiseurs de Nations, fils des faiseurs de Rois !

Il est beau de rentrer au foyer les mains vides,
Sous l'arc à ses sauveurs par un peuple dressé ;
Et, près des vieux drapeaux, de pendre aux Invalides
Un étendard vainqueur et désintéressé.

Il est beau d'attirer la foudre sur sa tête,
D'être du grand Destin l'arbitre et le témoin ;
Et, l'œil sur le progrès qui luit dans la tempête,
De dire au flot sanglant : — tu n'iras pas plus loin !

Il est beau d'assumer un passé de prodiges,
Et de prouver à ceux dont on vient hériter,
Qu'on peut—quand sur leur marbre on grave ses vestiges,
    Les suivre sans les imiter.

    Ils reviennent, calmes et graves
    Dans l'universelle fierté.
    Deux mois suffirent à ces Braves
    Pour leur œuvre de liberté.

    Et, tandis qu'éclairant leur faîte
    Des fauves reflets du canon,
    De trois Capitales en fête,
    Monte à la fois le même nom,

    La Garde emporte, dans sa gloire,
    L'impassible Triomphateur
    A ce Forum de la Victoire,
    Où les attend... l'autre Empereur!

LES CENT ANS DE SCHILLER

Au jour fraternel d'une Fête,
Une grande voix a monté.
Elle disait : — Gloire au Poëte
Dont l'âge par tous est compté !
Vous, qu'une même foi rassemble,
Vous, dont le rayonnant ensemble
Aux yeux du rêveur avait lui,
A ce Jubilé de la gloire,
Peuples ! venez apprendre à croire...
Schiller a cent ans aujourd'hui.

Votre nom ? — Saxe — et vous ? — Bohème ? —
Vous ? — Polonais — et vous ? — Hongrois.
— Non, votre Patrie est la même.
Pour tous elle a les mêmes droits.
Nationalités brisées,
Races trop longtemps divisées,
Peuple-vieillard, ou Peuple-enfant,
Fils d'Hermann ou de Charlemagne...

Vous êtes la Grande Allemagne
Fêtant son Schiller triomphant.

Proscrits ! que de votre silence,
De vos recueillements amers,
Le nom du Poëte s'élance
Par delà les monts et les mers !
Sur la maison ou sur la tente,
Inscrivez, en signe d'attente,
La moderne hospitalité.
C'est pour vous que Schiller demande
Cette autre Patrie Allemande,
Où l'exil a droit de cité.

Sociétés, jouets du crime,
C'est à vous que Schiller rêvait.
Pour vous tous, pour vous qu'on opprime,
Le flévreux Poëte écrivait;
Lorsqu'aux prescriptions en butte,
A tout un avenir de lutte,
Par avance, tendant la main,
Il s'écriait : — *Soyez unies,*
« *O myriades infinies*
« *Dans un embrassement humain.* »

De la Famille politique
La France inaugurant les droits,
Dans le Poëte dramatique,
Adoptait l'ennemi des Rois.
Elle semblait prévoir ces Fastes,
Quand, malgré limites et castes,

S'ouvrant toute grande au succès,
A Schiller, citoyen du Monde,
Elle donnait, mère féconde,
Le nom de citoyen Français.

Sublime enchaînement des âges !
Quand l'homme arrive aux Libertés ;
Quand le doute, de ses nuages,
Couvre les autels désertés ;
Une religion s'élève,
Où, sans en appeler au glaive,
La Pensée imprime sa loi ;
Pour que l'homme transmette entière
Cette hérédité de lumière,
Que le Progrès tient de la Foi.

Oui, du vieux joug l'esprit se venge.
L'abîme insondable est béant.
Lutte de Jacob contre l'Ange,
Entre la vie et le néant.
Avec l'écrit et la parole,
Notre âge, en son dernier symbole,
A forcé la Divinité ;
Mais, de l'Adresse à Dieu lancée,
Un Monde est sorti — la Pensée ;
Une Église : — l'Humanité.

Et vous en consacrez l'histoire,
Écrivains dont le monde est fier !
Goethe ! qui ceignis toute gloire !
Humboldt, centenaire d'hier !

Vous tous, rêveurs aux saintes flammes,
Vous qui, purifiant les âmes,
Autant que les mœurs et le goût,
Avez prouvé, par votre exemple,
Que le Génie est comme un Temple,
Où le Dieu respire partout.

Et toi, Schiller, Martyr-Poëte
Qui, sous ta croix as succombé,
Réjouis-toi, calme Prophète ;
Ton verbe au roc n'est pas tombé.
De tes souffrances, de ta vie
Au saint travail trop tôt ravie,
Rien pour nous ne sera perdu.
Ton œuvre humaine s'élabore.
Et ton auréole est l'Aurore
Du grand jour par tous attendu.

Que l'Éternité, ton domaine,
Une autre fois marque cent ans ;
Encore une moisson humaine
Au sillon fraternel des Temps ;
Et, dans l'ombre avare de Fêtes,
Les grands Morts soulevant leurs têtes
Au bord de leurs pâles chevets,
Sur ton front que l'air environne,
Poëte, mettront pour couronne
Cette Unité que tu rêvais !

PARIS-NOUVEAU

Ode couronnée par la Société des Gens de lettres, et lue sur la scène
du Théâtre-Français le 15 août 1857 par M. Leroux.

———

Urbs.

I

La Cité marche avec les races
Vers la grandeur de l'Unité.
Échelle qui garde vos traces,
Flots montants de l'humanité !
Des Peuples elle est l'auréole,
Le cœur, la force et la parole,
Et le génie, et le niveau.
A la demeure on connaît l'hôte ;
Paris ancien — au peuple ilote !
Au peuple-roi — Paris nouveau !

C'est qu'à mesure qu'il se dresse
Pour voir plus loin dans l'horizon,
L'homme grandit, et du front presse
Le toit pesant de sa prison.

L'Histoire et l'Art sont à l'ouvrage,
Taillant en pierre chaque page
De ce sublime enfantement.
Poëme éternel qui se nomme
Memphis, Palmyre, Athènes, Rome,
Le Progrès, c'est le monument !

La ville ancienne est la vassale
Qui, blottie au pied des donjons,
Se débat, tortueuse et sale,
Sur son lit de boue et de joncs.
C'est la légende des reliques,
L'échoppe aux murs des basiliques,
Le Corps des Métiers mutinés ;
Et les Halles qui se révoltent,
Et les échafauds qui récoltent
Au Pré aux Clercs des Raffinés.

C'est le vieux Paris des Tournelles,
Du Prévôt et des Écoliers,
De Cluny, des hôtels de Nesles,
Et des harangues aux Piliers ;
De Notre-Dame et de Saint-Jacques,
Sonnant la Chandeleur ou Pasques
Aux noirs logis amoncelés,
Et du Tire-Laine dans l'ombre
Guettant, de quelque porche sombre,
Le Louvre aux vitraux constellés.

C'est, dans la changeante fortune
De la Grand'Chambre et du Beffroi,

Le Parlement ou la Commune
Gagnant ou perdant sur le Roi.
C'est la Ligue aux chaires sanglantes,
La Fronde aux dames turbulentes,
Le Peuple, échappé féodal,
Qui de ses droits force l'entrée,
Et, sur la Bastille éventrée,
Plante son écriteau de bal.

Ainsi qu'aux chênes séculaires
On voit le tronc marquer les ans
Par des attaches circulaires,
L'âge cercla Paris aux flancs.
Là, toute époque, en son étreinte,
Mit sa ruine et son empreinte,
Son esprit, ses mœurs et sa loi ;
Greffant, pour œuvre héréditaire,
Le Paris moqueur de Voltaire
Sur l'humble Paris de la foi.

Que notre siècle à l'édifice
Grave sa pensée à son tour !
L'égalité, c'est sa justice.
A chacun de l'air et du jour !
Aux haillons le grand jour fait honte,
Où l'air est pur le Travail monte,
Plus de cage où le cerveau bout !
Plus d'accroupi dans sa tanière !
Brisez-vous, Procustes de pierre !
L'homme est fait pour vivre debout.

Au Travail, maître de lui-même,
Donnons un lot dans nos déblais !
Ne laissons plus, sombre problème,
Lazare aux portes des palais !
Ouvriers de la dernière heure,
Bâtissons-nous une demeure
Qu'un monde salue à genoux !
Faisons-la de tant de prodiges
Que les siècles, pris de vertiges,
N'osent y toucher après nous !

II

Et la cité nouvelle en tous lieux se commence.
Niveleuse indomptée, en ce cloaque immense
        Où le Paris pauvre étouffait,
Des vices vagabonds elle abat les tavernes,
Et, poursuivant la mort au fond de ses cavernes,,
        Rend l'Art complice du bienfait.

La voilà qui, poussant du coude son aînée,
Se perce à jour, assied sa masse échelonnée
        A de sveltes piliers d'airain !
S'aligne en avenue, ou court en galerie,
Semant à ses vitraux, comme une broderie,
        Tous les joyaux de son écrin !

Trouve-t-elle en sa marche un édifice antique,
Une église, une tour, restes de l'art gothique?...

Comme un surcroît de ses grandeurs,
Elle l'entoure d'air, de soleil et d'espace,
Et demande au géant, devant qui le temps passe :
   « Que te semble de mes splendeurs?... »

Le marbre se dentelle, et le bronze se dore.
La nuit, aux boulevards, une seconde aurore
   Illumine de ses reflets
Les cristaux des bazars, ondoyantes corbeilles,
Où la fée Industrie entasse les merveilles
   Sur la route de son palais,

Partout des murs naissants, de hauts échafaudages,
Entrecroisés de mâts, d'échelles, de cordages
   Et de pavillons en faisceau;
De la mer à ses pieds rêvant déjà la fête,
Paris se plaît d'avance à pavoiser le faîte
   De son héraldique vaisseau.

Tandis que, s'élançant en légères façades,
Les Halles boivent l'air par toutes les arcades
   De leurs symétriques portails;
Que la Seine en canaux épure chaque artère,
Et que, pour desservir ce marché de la terre,
   La vapeur apprête ses rails;

Du faubourg du travail au jardin de Le Nôtre,
Rivoli va, poussant d'un horizon à l'autre,
   La cité des Napoléon !
Et, parti de la gare ouverte sur les mondes,
Sébastopol construit pour des races fécondes
   Le grand chemin du Panthéon !

Ton peuple éternisa son génie et sa gloire
En un grand monument où vivait son histoire,
      Temple à la Patrie élevé !
La cité de Minerve avait son Acropole ;
La Rome des Brutus avait son Capitole ;
      Paris a son Louvre achevé !

L'art, en des salles d'or, historique domaine,
Dans le travail des temps suit la pensée humaine.
      Du progrès symbole et flambeau,
Il va du Nil au Gange, et de la Grèce à Rome ;
De l'infini du temple à l'idéal de l'homme,
      Qui place le vrai dans le beau.

Ses murs sont un Forum tout peuplé de statues.
Des plus grands citoyens dont les voix se sont tues
      Les noms, de l'oubli triomphants,
Sont comme l'alphabet de la sainte épopée
Des vertus, du savoir, des lettres, de l'épée,
      Qu'un peuple enseigne à ses enfants.

Mais Paris a voulu, moderne Babylone,
Des jardins où la nuit, comme le jour, rayonne ;
      Un parc à ceux des rois pareil ;
Une longue avenue, immense voie Appienne,
Où le pauvre d'hier, enrichi du jour, vienne
      Promener son or au soleil ;

Et, baignant ses senteurs au flot qui les ravive,
La pelouse s'étage en molle perspective
      D'arbres, de gazons et de fleurs :
Merveille où la nature et l'art, son interprète,

Mêlent, pour en vêtir la terre toute prête,
    Leur palette aux mille couleurs !

Gravissant les rochers entassés en arcades,
L'eau dessine des lacs ou retombe en cascades,
    Du Bois murmurant festival !
Au nouveau Trianon des loisirs populaires
Nos plantons des forêts en un jour séculaires,
    Ombres de notre arc triomphal !

Qu'on ne nous vante plus les villes aux cent portes,
Ni les murs de granit où passaient en cohortes
    Et les éléphans et les chars !
Pour un travail sans fin la vapeur allumée,
Dans le circuit pesant de sa ronde enflammée,
    Longe de bien autres remparts !

Le Travail ! le Travail ! voilà nos nouveaux fastes,
Il ouvre dans Paris des horizons si vastes,
    Qu'en essieux changeant tes canons,
L'homme sera forcé de t'emprunter tes ailes.
Victoire ! pour courir sur les routes nouvelles
    Que tu baptises de tes noms.

III

    Paris ! à ta royale enceinte
    Léguant sa passagère empreinte,
    Plus d'une dynastie éteinte
    A jeté l'adieu de ses pas :

Architectes involontaires,
Qui, de l'avenir tributaires,
Ont laissé pleine de mystères
L'œuvre qu'ils ne comprenaient pas.

Pour plus d'une splendide fête
On vu s'étoiler ta tête,
Quand, au retour de la conquête,
Sur tes boulevards pavoisés,
Nos cohortes, lignes mouvantes,
De leurs blessés nobles suivantes,
Entre deux murailles vivantes,
Roulaient leurs mortiers apaisés.

On a vu, sous la galerie
Où des arts et de l'industrie
Tu conduisais la théorie,
L'Europe attendre tes arrêts;
Les rois des lointaines peuplades
De leur faste emplir tes arcades;
Les mondes se faire nomades,
Pour te contempler de plus près.

Eh bien! je te le dis, ô ville!
Le front jeune, le pas agile,
La Science pour Évangile,
Un hôte inconnu va venir;
Si fort de sa splendeur sereine,
Que dans son orbite il entraîne
Toute une escorte souveraine...
Et cet hôte... c'est l'avenir!

Il marche en sa croissante étape ;
Et chaque pan de mur qu'il sape,
Chaque coup de marteau qu'il frappe
Est un jalon de l'Unité.
Créateur que rien ne modère ;
Et, quand son pied au sol adhère,
Il y fonde un embarcadère,
Comme un port dans l'immensité.

De tout progrès faisant sa tâche,
A toute œuvre utile il s'attache ;
Il interroge sans relâche
Les Savants formés en conseil ;
Il dit à l'un : « Que la matière
« Soit l'universelle ouvrière ! »
A l'autre : « Grave la lumière ! »
A l'autre : « Aux cieux prends leur soleil ! »

Redressant toute voie oblique,
La nuit, sur la place publique,
Il fait d'un rayon électrique
Le regard même de la loi ;
Calme et penseur, menant sa ronde,
Il dit à l'émeute qui gronde
Au seuil des merveilles qu'il fonde :
« Armes bas ! Le Peuple... c'est moi ! »

Issu d'un âge sans croyance,
Avec l'homme il fait alliance ;
Il intéresse la Science
Au bien-être, son vrai milieu ;

Il est le moderne économe
Qui bâtit pour la même somme
La maison, demeure de l'homme,
Ou l'église, maison de Dieu.

Sous les dalles où l'égoût pleure,
Jusqu'au toit de chaque demeure
Il conduit la parole et l'heure
Avec l'eau, le jour et le feu ;
Changeant la cité renaissante
En une machine puissante
Qu'assainit l'œuvre obéissante
De ses ressorts toujours en jeu.

Serviteur des foules accrues,
En rails il transforme les rues ;
Et les distances parcourues
Ont des Louvres pour stations ;
Pendant qu'à des fils condensée,
L'écriture, au monde lancée,
De la ville de la pensée
Fait le cerveau des nations.

Paris ! pour ces jours pacifiques,
Sous tes innombrables portiques
Bâtis des haltes magnifiques
A ce voyageur immortel !
Aux Dieux nouveaux dresse leur templ !
Que la nef en soit assez ample
Pour que, des peuples saint exemple,
Chaque progrès ait son autel !

Paris ! l'avenir cache encore
Plus d'un soleil dans ton aurore.
Du grand destin qu'il élabore
Sois le verbe, sois la cité !
Par le travail où tout se fonde,
Que de splendeur ton front s'inonde !
Ta ville, ô Paris, c'est le monde !
Ton peuple, c'est l'humanité !

LES EMBARRAS DE LA COMÉDIE

Épître lue au Théâtre-Français, le 15 janvier 1863, par M. Got.

Messieurs, pour ajouter un sourire à la fête,
L'Auteur, de nos tourments trop tardif interprète,
Voulait, dans un décor égayé de platras,
Du Théâtre-Français peindre les embarras.
Un peuple d'ouvriers, gens aux marteaux robustes,
Faisaient une musique à réveiller nos bustes.
Molière, du désordre à grand'peine échappé,
D'un nuage poudreux le front enveloppé,
Regardait, — de Fâcheux n'ayant vu cour pareille, —
Le Compliment piteux qui se grattait l'oreille ;
Et, d'une voix éteinte, appelait au secours.

Naufrage inattendu ! la mer montait toujours !

Souffrez donc, qu'au défaut de cette œuvre sublime,
L'Épître, bavardant sur notre vie intime,
En des vers, composés comme lus sans apprêts,
Vous entretienne ici de nos petits secrets.

Les émigrations célèbres des Barbares,
Le Troyen emportant son père et ses dieux Lares,
Rome et sa décadence, Achab et Jézabel,
La cour du roi Pétaut et la tour de Babel,
Ne peindraient qu'à moitié les maux de toute sorte
Qu'un déménagement de théâtre comporte.

On n'imagine pas quel bagage nous suit :
Les hommes et les dieux, la lumière et la nuit,
Tous les aspects divers qui rendent l'art sensible,
Et le monde idéal, et le monde visible,
Temples, cités, hameaux, jardins, forêts, vallons,
Tout se met en chemin quand nous nous en allons.

Il a fallu bâtir ! Dame ! cela dérange.
Fut-on mal ? C'est toujours à ses dépens qu'on change.
Même quand la maison se transforme en palais,
Les embellissements ont des côtés forts laids.

Vous dirai-je, Messieurs, les salles divisées ;
Des générations les amitiés brisées ;
Les bustes soucieux boudant au coin obscur ;
Les dépits contenus dans quatre pieds de mur ;
Les calmes desservants de l'ordre académique
Croyant vivre six mois en plein roman comique,
Allant du Nord au Sud en leurs destins divers,
Aujourd'hui dans la cave et demain dans les airs ;
La répétition presque mise à la rue,
La pioche sur un flanc, et, sur l'autre la grue ;
D'échelles et de tours *Titus* environné,
Devant *Jérusalem* croyant l'assaut donné,

Et, dans l'ombre où des bruits nouveaux semaient la crainte
Phèdre ne trouvant plus le fil du *Labyrinthe?*

On a vu, dans ces temps de trouble intérieur,
L'imprévu dérider le front du moins rieur ;
Théramène emprunter le miroir de *Lisette;*
Harpagon démeublé s'asseoir sur sa cassette.

On a vu, pour loger les exilés de l'Art,
La Comédie ouvrir son flanc de part en part ;
Chérubin escorté, de son auguste maître,
En vrai page qu'il est enjamber la fenêtre.
Et, mécontents du gîte auquel ce mur répond,
Mithridate et *Monime* escalader... le Pont.

Hélas ! l'enfantement de nos murailles neuves,
Pour vous comme pour nous, Messieurs, eut ses épreuves.
L'architecte vous fit, empiétant sur vos droits,
Le foyer plus restreint, les couloirs plus étroits.

Sol poudreux, faux planchers, cloisons, murs illusoires,
On ne vous a de rien épargné les déboires ;
Et, condamnant l'entr'acte à des plaisirs peu gais,
Au pérystile même on vous a relégués.

Ne désespérons pas, pourtant nos maux s'achèvent,
Déjà, fier des arceaux que ces balcons relèvent,
Se dresse, dans sa simple et correcte unité,
L'édifice incomplet qui n'avait qu'un côté.
Un square s'est planté d'arbres nés par miracle,
Qui seront verts, au moins n'y voit-on pas d'obstacle.

On nous promet pour vous un foyer spacieux,
Un vrai foyer, enfin !

                       Et toi, marbre pieux !
Et toi, que tout succès même encore nous révèle,
O Molière ! souris à ta maison nouvelle !
On accumule en vain les splendeurs sous nos pas.
Le temple peut changer : le dieu ne change pas !

Maître ! pour aujourd'hui nous laisserons dans l'ombre
Ce que ta destinée eut d'amer et de sombre.
C'est dans le calme heureux des esprits apaisés
Que nous dirons ta gloire en nos rythmes aisés.

Notre Molière, à nous, c'est le ministre sage
Dont la tradition nous peint l'apprentissage.
Il est l'âme du corps ; tout repose sur lui.

La troupe est là, l'entoure, alors comme aujourd'hui.
Encourageant l'artiste ou tançant l'écolière,
Il pose *Du Croisy, Duparc, Lathorillière ;*
Il indique à chacun l'effet juste et précis ;
Il colore d'un mot ses portraits raccourcis,
Ou, livrant un rival au rire de la troupe,
De *l'Hôtel de Bourgogne* il contrefait le groupe.
Le travail presse fort, car le roi va venir ;
Et l'œuvre de commande est encore à finir.

L'œuvre ne marche pas. Molière se désole :

Heureusement le roi lui rendra sa parole ;
Le roi, cet allié dont il est serviteur,

Qui protége de haut, comme tout protecteur ;
Qui, fidèle au traité dont lui-même se lie,
Nomme au comédien un fâcheux qu'il oublie ;
Mais, à l'occasion, remet au lendemain
Ces bravos qu'il retient suspendus dans sa main.

Qu'importe que tous deux, sans y voir de mystère,
Fassent de l'avenir la tâche involontaire ?
L'ombre enveloppe encor le problème inconnu.
Les temps ne sont pas mûrs, le jour n'est pas venu,
Où, l'homme à sa querelle intéressant les planches,
Georges Dandin prendra d'éclatante revanches !

Molière est, avant tout, un peintre de son temps,
Qui de franches couleurs et de tons éclatants,
Revêt, au jour le jour de sa verve fantasque,
Cette foule qui passe en agitant son masque.
Il ne veut corriger personne. Ses marquis
Ne disent point leur fait aux trésors mal acquis.
Mascarille est adroit, par instinct. *Célimène*,
Sans arrière-pensée, est coquette, inhumaine.
Orgon par un ami, par un dévot trompé,
N'accuse pas le ciel quand il se voit dupé.

Et cependant, Messieurs, quelle école féconde !
Comme l'enseignement s'adresse à tout le monde !
Comme, lorsqu'il le veut, le sublime moqueur
En parlant à l'esprit intéresse le cœur !
Célimène à plaisir par sa main embellie,
Et qu'en la maudissant il aime à la folie,
A la femme moderne a montré l'horizon.

Qu'*Alceste* à son excès emportant la raison,
Ait pour le genre humain une haine invincible,
La sincère *Éliante* est aimable et sensible ;
Et la réflexion vient au sage brutal,
Qu'il est un peu de bien auprès de tant de mal.
Alceste, en vain, trop tard, se mettrait en campagne ;
Procès perdu ! Le sien, *Éliante* le gagne.

Célimène ! Éliante ! Elmire ! noms charmants,
Qui se partageront tous les cœurs bien aimants !
La femme est née, enfant de ce triple caprice ;
La femme de nos mœurs aimable institutrice,
Mélange d'amour fin et de rusé savoir,
De grâce obéissante et d'absolu pouvoir !

Molière en dénonçant les *verroux et les grilles*
A remis dans les mains des femmes et des filles
La maison sans abus, sans joug inopportun ;
Équilibre de dette et de droit pour chacun.
Gendre, marâtre et bru, père, époux, fille, aïeule,
Le valet, la suivante, *un peu trop forte en gueule*,
Et l'ignorante *Agnès*, et notre *Louison*
Dont le babil mutin réjouit la maison,
Éraste et *Gros-Réné*, *Lucile* et *Marinette*,
Exhalent un parfum d'enseignement honnête ;
Et, dans le compliment, gardons-nous d'oublier
Dorine, le tribun du rire familier !

Lisez *Molière !* vous, que de force on vénère,
Égoïstes Argans d'un mal imaginaire,
Ingénieux bourreaux des autres et de vous,
Tuteurs, oncles, maris, ogres et loups-garous !

Molière vous dira, dans son drame pratique,
Que le sourire sied au foyer domestique,
Et qu'il faut au devoir, montré du vrai côté,
Ce charme exquis, souvent plus fort que la beauté.

Méditez-le, penseurs ! à l'heure solitaire
Où l'étude sur vous répand son charme austère.
Quand les mots révoltés, fantasques matassins,
Danseront devant vous en grotesques essaims,
Étudiez Molière à qui tout nous ramène :
Il vous introduira dans le riant domaine
Où ce grand enchanteur de nos réalités
Pour ceux qu'il voit venir sème les vérités !

PERSONNAGES

DIANE DE BRISSÉ
HÉLÈNE DE BRISSÉ
BERTHE DE ROMANET
RACINE
BOILEAU-DESPRÉAUX

} Demoiselles d'honneur.

La scène dans le parc de Marly

MADEMOISELLE DE ROMANET

SCÈNE PREMIÈRE

DIANE DE BRISSÉ, HÉLÈNE DE BRISSÉ, BERTHE DE ROMANET. (Elles arrivent de différents côtés.)

DIANE

Toutes trois de Marly cherchant l'ombre propice,
Un livre dans les mains?...

HÉLÈNE

Que lis-tu?

DIANE

Bérénice,

Et toi?

HÉLÈNE

Britannicus.

DIANE

Et toi, Berthe?

BERTHE

Cinna!

DIANE

Ah! fi! qu'on aime peu dans cet ouvrage-là.
Comme le doux Racine autrement vous entraîne!
Que c'est beau! Conçoit-on qu'aux filles de la Reine
On défende ses vers comme d'affreux poisons?

HÉLÈNE

C'est de la tyrannie...

DIANE

Aussi nous les lisons.
Ah! qu'on serait heureux, et combien je souhaite
D'entendre réciter ses vers au grand poëte...

HÉLÈNE

La Champ-Meslé, dit-on, y trouve des appas...

DIANE

Chut! petite! ceci ne vous regarde pas.
Dans l'aveu de Titus il me semble l'entendre,
Quel feu dans ses regards! Quelle voix douce et tendre!

Quelle grâce !... d'abord c'est toujours gracieux
Un poëte !...

HÉLÈNE

Toujours... à moins qu'il ne soit vieux.

DIANE

Monsieur Racine est jeune et de grande tournure...
On dit même qu'il a du Roi dans la figure,
Berthe peut l'affirmer... car elle le connaît...

BERTHE

Moi... bien peu... je ne sais...

DIANE

     — Tu rougis, Romanet !
Tenez, puisque chacune a son grain de folie,
Inspirons-nous, mes sœurs, d'Astrée ou de Clélie.
Guettons l'heure précise où, sortant du lever,
Le poëte en ces lieux chaque jour vient rêver.
Il est poëte errant — nous — d'aimables bergères—
Nous enchaînons ses mains de guirlandes légères ;
Et ne le délivrons qu'au prix d'un doux aveu.

BERTHE

Mais...

DIANE

Fille des Romains... as-tu si peur du feu ?

HÉLÈNE

La bonne espiéglerie !

DIANE

            — Allons, mesdemoiselles,
Chacune en faction. — Alerte ! sentinelle.
Toi, Romanet, par là — toi par ici — ma sœur,
Et connais mes complots dans toute leur noirceur...

                (Elle lui parle à voix basse.)

BERTHE

Le voici !

DIANE

Seul ?

BERTHE

Non pas.

DIANE

            — O contretemps funeste !
Le Pylade fâcheux suit l'amoureux Oreste.
Monsieur Despréaux vient. — Adieu les vers galants !

HÉLÈNE

La chronique de lui conte des mots sanglants.

BERTHE

Je sens, à son nom seul, ma langue qui se glace ;
Et le mieux est, je crois, de lui céder la place !

HÉLÈNE

C'est un monstre effroyable en homme transformé,
On dit, ma sœur, on dit qu'il n'a jamais aimé.

DIANE

Non — si vous m'en croyez, ce sera double aubaine :
Racine, Céladon, — Boileau, Croque-Mitaine !
Et, puisque sous nos lois on ne peut l'engager,
Ayons au moins l'esprit de le faire enrager.
Sauve qui peut!

(Elles se sauvent à droite.)

SCÈNE II

RACINE, DESPRÉAUX

RACINE

— Oui, cher — une langueur secrète
Invite, malgré moi, mon âme à la retraite.
En vain la gloire en moi rallume ses ardeurs.
Dans ce Marly peuplé de profanes splendeurs,
Je revois Port-Royal où, sur ma vie austère,
L'étude a répandu son charme solitaire.
Ah! j'y retournerai..,

DESPRÉAUX

—Vous! quelle humeur vous tient?

RACINE

Des faux attraits du monde aisément on revient.

DESPRÉAUX

Mais, en soldat de cœur, encor faut-il attendre
Qu'on vous prenne des mains vos armes pour les rendre.

RACINE

Quand on a tout le jour bravement combattu,
Une sage retraite est encore vertu.

DESPRÉAUX

Vous reniez la gloire et l'hôtel de Bourgogne?

RACINE

Oui-dà.

DESPRÉAUX

L'amour aussi?

RACINE

L'amour.

DESPRÉAUX

— Serment d'ivrogne!
Mon cher, ce discours-là sent un homme troublé.
A Racine, le Roi n'aurait-il pas parlé?
Je vous sais courtisan, malgré votre mérite;
Et vous pensez à Dieu quand le monde vous quitte.

RACINE

Qui cherche son salut n'a que faire des Rois...

DESPRÉAUX

Comme l'âme, au salut le génie a ses droits,
Et, c'est lui qui de vivre à la cour vous oblige. —

RACINE

Ma résolution est de la fuir, vous dis-je —

DESPRÉAUX

— Tant pis. — C'est le séjour propice à vos héros,
Fort bons Parisiens, quoiqu'ils viennent d'Argos.
S'ils ont reçu de vous cette humaine tendresse
Que Rome a dédaignée et qu'ignorait la Grèce,
Vous leur devez ce faste et cette dignité
Dont nous déposerons à la postérité.
Entre votre âge et vous l'alliance est complète.
La splendeur de chacun sur l'autre se reflète.
Racine, — c'est l'Histoire en habits de gala. —
A l'Histoire de dire, en nous retrouvant là,
Lequel, dans ce concours de la vie et du rêve,
De Racine ou du temps, fut le maître ou l'élève.
L'Antiquité vous doit de connaître les pleurs :
Poursuivez; — du Passé, dites-nous les douleurs.
Rendez-nous Euripide, et même Aristophane.
Peignez la passion, telle qu'elle est, — profane;
Et vers le ciel, pécheur ! ne levez pas les mains,
Si la Muse est humaine en des sujets humains !

RACINE

La Muse trouvera, par la foi secourue,
Des sujets qui vaudront ceux qu'on prend dans la rue.

DESPRÉAUX

L'épigramme est pour moi, je n'y réponds qu'un mot :
Ne prenez vos sujets ni trop bas, ni trop haut.
De même, qu'au bourbier loin qu'elle se hasarde,
La Muse, grande dame, à bon droit y regarde ;
Et de distinction bâtit le sûr rempart
Qu'elle se doit de mettre entre la foule et l'art ;
De même, l'ascétisme, aux sphères éternelles,
Trop loin de nous, à tort, va chercher ses modèles,
Et, méconnaissant l'homme et l'art son vrai milieu,
Met son froid égoïsme entre la foule et Dieu.
Imitez-moi, morbleu ! je suis fort honnête homme,
Quoique je dise en vers son fait à qui m'assomme.
J'accomplis sagement mes devoirs de chrétien.
Entre deux méchants vers, je fais un peu de bien.
Mais que la raison manque à ma rime dernière,
Si jamais Port-Royal m'enferme en sa tanière.

RACINE

Avez-vous tout dit?

DESPRÉAUX

     — Oui... le grand mot est lâché.
Et j'ai raison.

RACINE

Non pas, car vous m'avez fâché !

SCÈNE III

DESPRÉAUX, RACINE, LES TROIS JEUNES FILLES
(Avec des écharpes et des fleurs)

RACINE

Que nous veut cette cour galamment transformée ?

DESPRÉAUX

Des femmes ! Sauvons-nous.

RACINE

La retraite est fermée !

DESPRÉAUX

Allons ! ferme ! Racine.

RACINE

Eh !...

DIANE

On ne passe pas !

DESPRÉAUX

Peste du sort qui met ces folles sur nos pas !

DIANE

C'est vous qui nous forcez à vous charger d'entraves.
(Elle entoure Racine de sa guirlande)

RACINE

Je suis pris !

DESPRÉAUX

Laissez-nous — Nous sommes des gens graves,
Qui de nous repentir avons formé le vœu.
Lui du moins — car l'amour, à moi, n'est pas mon jeu...

DIANE (tragiquement)

Vous l'entendez, mes sœurs, il confesse son crime.
Bourreaux, sans plus tarder, saisissez la victime !

DESPRÉAUX (à Racine)

Tirons-nous d'ici.

RACINE

Mais...

DESPRÉAUX

« Quand on a combattu
« L'honneur est satisfait et la fuite... est vertu. »

RACINE

Les aimables beautés !

DESPRÉAUX (à part)

Voilà mon janséniste !
Jamais à deux beaux yeux sa ferveur ne résiste.

HÉLÈNE

Hein ?

DESPRÉAUX (à part)

Cœur pusillanime ! homme lâche et sans foi !

HÉLÈNE

Plait-il ?

DESPRÉAUX (à part)

S'en prendre à lui... passe encor... mais à moi !

HÉLÈNE

Vous dites ?

DESPRÉAUX (haut)

Rien... (à part)
Je dois avoir l'air, sous ces roses,
D'un vers de d'Assoucy dans les Métamorphoses.

RACINE (à Diane)

Dénouez ces liens parfumés comme vous ;
Bergères — vos attraits vous répondent de nous.

DESPRÉAUX (à part)

Meurs, Céladon ! pends-toi, Cyrus ! patauge, Alcandre !

DIANE

Puisqu'aussi bien à nous vous préférez vous rendre,
Sachez, doux prisonniers, sachez dans quel dessein
D'une heure à votre muse on a fait le larcin.
Ces vers harmonieux que l'amour vous inspire,
Nous avons comploté de vous les faire dire
Et, pour tirer de vous cette illustre rançon,
D'une de vos enfants chacune a pris leçon.
Pour moi, je suis princesse et j'ai nom Bérénice;
Et je veux imiter son touchant sacrifice.
Mes sentiments, seigneur, doivent vous être tus...
Par la bonne raison qu'une autre aime Titus...

(Elle s'efface et laisse voir à Racine Berthe de Romanet.)

BERTHE

C'est une trahison !

RACINE

Berthe !

DESPRÉAUX (à part)

Oyez ! les Sirènes !

RACINE

Vous avez, toutes trois, des grâces souveraines.
Certes, au seul aspect de ce trio charmant,
L'empereur, chez Titus, eût fait place à l'amant.

DIANE (à Despréaux)

Vous voyez près de vous la jalouse Hermione.
Prenez garde — un poignard est dans sa main mignonne.

DESPRÉAUX

Oueh !

DIANE

Pour vous racheter d'un tragique trépas,
Il faut nous dire ici pourquoi vous n'aimez pas.
Ça... que reprochez-vous à notre pauvre sexe?...

DESPRÉAUX

Moi?... tout... mademoiselle... et plus... si je le vexe !
(Hélène et Diane remontent avec Despréaux)

RACINE

Charmante Romanet, ne me direz-vous pas
Quelle mienne héroïne a pour vous des appas?

BERTHE

A l'admiration que votre muse inspire
L'hommage qu'on vous rend est bien fait pour suffire.

RACINE

Le bien dont on est sûr perd bien vite à nos yeux,
Mais celui qu'on désire est cent fois précieux.

BERTHE

De grâce...

DIANE

Redoutez la trempe peu commune
De celle qu'au couvent nous nommions Rodogune.

RACINE (avec dépit)

Ah !

BERTHE

Pardonnez, monsieur, à ma témérité
Corneille forme un cœur à la sincérité.

DESPRÉAUX

La coquette ; voilà Racine en belle passe.

RACINE

Oui, vous avez raison. Corneille nous surpasse.
Tous nous sommes petits auprès de ce vainqueur
Corneille est la pensée...

DIANE

Et vous êtes le cœur.

BERTHE

Corneille, du vieux temps, semble la voix austère.
L'un fait aimer le ciel,

DIANE

L'autre rêver la terre.
Racine, pour leçons, vous met des pleurs aux yeux.

BERTHE

Corneille aime plus haut.

DIANE

Mais Racine aime mieux.

BERTHE

Que je trouve d'attraits à la simple Pauline,
Pauline, saint exemple et mission divine,
Qui, dans l'humilité du devoir s'effaçant,
Donne à Dieu, sans effort, son amour et son sang.

RACINE (avec dépit)

Fuyez donc loin de moi, séductions mondaines !
Tu triomphes, Corneille ! et mes œuvres sont vaines !
Quand, auprès du Devoir, créant la Passion,
J'ai dans un moule ardent jeté la Fiction ;
Quand, animant les Dieux de la Grèce et de Rome,
Sous l'impassible airain j'ai senti frémir l'homme,
Et des forfaits passés réveillé la terreur...
J'étais le vain jouet d'une menteuse erreur !
L'Amour était partout, quoi qu'il n'osât paraître :
J'ai remis le destin du vieux monde à ce maître.
La femme obéissait, et fut libre par moi.
Elle devint l'honneur, l'élégance, la foi ;
Et je voulus que tous entourassent d'hommage
Celle de qui doit naître un siècle à son image !
Mes crimes sont ceux-là, je les confesse tous.
Si de gloire mon cœur fut toujours trop jaloux,

S'il est vrai que mes vers et leurs terrestres flammes
Exhalent un poison trop redoutable aux âmes,
Maîtres de Port-Royal? je m'accuse... tonnez !
Mais, filles de la Muse, ô femmes ! pardonnez !

DIANE

Et nous vous pardonnons, poëte aux saintes fièvres !
Pour toutes les douceurs qui coulent de vos lèvres !
Doux chantre ! aussi longtemps que les cœurs aimeront,
L'avenir de lauriers couronnera ton front...

BERTHE

Et dira, proclamant ta grâce sans pareille :
—Racine eut des beautés qui manquaient à Corneille. —
Consolez-vous, ami, la bouche est loin du cœur.
Nulle ne vous admire avec plus de ferveur ;
Mais l'âme du poëte est l'instrument qu'on aime,
Bien que l'on n'ose pas l'interroger soi-même.

RACINE

Charmante Romanet, puissé-je quelque jour
Prouver que le Devoir est léger à l'amour.

DESPRÉAUX

Main-forte ! c'est la Muse ici qu'on assassine?
Cette Romaine-là va nous prendre Racine.
(A Racine)
Allons à Port-Royal faire notre salut...

RACINE

L'hyménée est un cloître et sert au même but.

DESPRÉAUX

Au diable ! (il va pour sortir.)

DIANE ET HÉLÈNE (l'arrêtant.)

Et la rançon ?

DESPRÉAUX

Oui, vous l'aurez, Mesdames !
Dès demain, j'écrirai : la Satire des Femmes.

PERSONNAGES

CLORINDE. . . . .

FERNAMBOUC. . . . .

GRIDELOU. . . . .

Un intérieur d'atelier de couture. Grisettes en costume du dimanche formant un groupe animé. Le 15 août au matin.

LE

FUSIL ET L'AIGUILLE

SAYNÈTE DE CIRCONSTANCE

———

SCÈNE PREMIÈRE

PREMIÈRE GRISETTE

Allons, mesdemoiselles, en avant la joie! on ne travaille pas aujourd'hui.

DEUXIÈME GRISETTE

Travailler aujourd'hui! plus souvent. On sait ce qu'on doit à son pays.

TROISIÈME GRISETTE, (chanté)

Les Prussiens aujourd'hui
Nous prenant nos aiguilles,
C'est l'moment pour les filles
De lâcher leur étui.

PREMIÈRE GRISETTE

C'est cela, organisons une fête dans l'atelier. Le local s'y prête. Des rubans à nos bonnets.

DEUXIÈME GRISETTE

Ah diable! mais il nous faut des hommes.

TROISIÈME GRISETTE, timide

Justement j'attends... Arthur...

UNE AUTRE

Et moi Paul.

AUTRE

Et moi mon oncle Fernambouc.

CLORINDE

Et moi Gridelou... Un joli homme et qui chante... péremptoirement et militairement.

AUTRE GRISETTE

J'entends des pas... Ce sont eux.

CLORINDE

Entrez, vainqueurs pacifiques!

Entrent les cousins, fiancés,
oncles des sus-désignées

SCÈNE II

LES MÊMES, FERNAMBOUC ET GRIDELOU

CLORINDE aux nouveanx venus

Placez-vous là... péremptoirement et militairement.

GRIDELOU

Pourquoi faire? mon incomparable!

CLORINDE

Qu'on vous... le dira... Gridelou...

GRIDELOU

Suffit!

TROISIÈME GRISETTE

Et la cantate de circonstance?

TOUTES

Comment faire?

En ce moment on entend un marchand de chansons à la cantonnade.

Demandez le célèbrrre procès du fusil et de l'aiguille... 10 centimes, 2 sous.

Une grisette achète la chanson que chante lor de :

Air : Rondeau *de la Lanterne*

L'aiguille et le fusil jadis
Vivaient fort contents l'un de l'autre ;
Joyeuse fille et bon apôtre
Avaient souvent même taudis.

Souvent, aux dimanches d'été,
Cœur léger, accoutrement leste,
Au berceau d'un bouchon agreste,
On voyait le couple arrêté.

Mais un fol orgueil les porta
A conclure un traité de guerre ;
Entre nos amis de naguère
Soudain la discorde éclata.

Dans le travail victorieux,
Chacun s'adjugeait le mérite ;
L'un se targuant de tirer vite,
Comme l'autre de tirer mieux.

Bref, aucun des deux ne manquant
Ni de piquant ni de platine,
En langue germaine et latine,
Gros débat qui va s'expliquant.

Devant un arbitre de choix,
Pour finir on porta la cause ;
Un juge *Auguste* et qui dispose
De pas mal d'arguments de poids.

Et le Congrès de s'assembler
Pour rendre la paix à la terre,
Et les assistants de se taire :
Et les deux plaideurs de parler.

Air : *de la Retraite*

En fils d'Arco
— L'ajustant son shako, —
L'fusil tout d'go,
Dans l'genr'Hugo,
Entame un quiproquo,
Qui prouv'recto
Que pour le vrai Bosco... (*bis*)
Quand il fait chaud...
La gloire est un coco.

Air : *Ma Mie, ô gué !*

Sur les humains assemblés
Déchaînant la foudre,
Il n'est pas de démêlés
Que j'n'puiss'résoudre.
Aussitôt que j'ai parlé,
Voilà le plus endiablé...
Forcé d'en découdre
ô gué !
Forcé d'en découdre !

AIR : *des Bergers*

L'aiguille au jeu se piquant
Répond au croquant
De la belle manière,
Et démontre au moins subtil
Qu'en cette matière,
Une vraie ouvrière
A toujours le fil.
Gens de l'humaine famille!
A tous, je le dis ici,
Tirez, tirez, tirez l'aiguille,
Ça vaut mieux que d' tirer le fusil. } *(bis)*

AIR : *Noces de Jeannette*

Je fais sourire la mansarde,
Lise me doit ses millions.
Lise chante — nous travaillons :
Ceux qui travaillent, Dieu les garde...
Je fais sourire la mansarde *(bis)*.

AIR : *La Vénus aux carottes*

L'jour qu'au fusil m'enchaîne un art brutal,
Les bataillons entiers jonchent la terre ;
Mais ce massacre et ce deuil général
De l'avenir font l'œuvre humanitaire.
Par la vertu de mon fusil-aiguille,
La guerre un jour doit engendrer la Paix.
Les nations, sans armes désormais,
Ne feront plus qu'une seule famille...

REFRAIN

V'là l'sort qu'attend,
V'là l'sort qu'attend,
Qu'attend l'humaine Race.
On s'tuera tant,
On s'tuera tant,
Qu'y faudra qu'on s'embrasse.

AIR :

Quand la bataille a semé le trépas,
Douce infirmière au seuil de l'ambulance,
Dans le repos mon aiguill' n's'endort pas...
La Charité, c'est encor la vaillance *(bis)*,

RONDEAU FINAL

Aiguille des temps,
De tout progrès je marque l'heure ;
J'annonce le jour
Où la Concorde aura son tour.
Ou bien dirigeant
La Locomotive qui pleure,
Au port qui l'attend
Je guide le train haletant.
Je dis au chemin :
— Ramène-nous l'Impératrice !

Son fils à la main,
Elle va sourire au Lorrain.
Wagons ! soyez doux,
La radieuse bienfaitrice
Du mal en courroux
D'Amiens va détourner les coups.
Oyez tous enfin :
Je suis l'aiguill' de la balance
Où le Souverain
Des peuples pèse le destin.
Au plateau Germain
Il met le glaive de la France :
Et voilà, soudain,
Le bruit des armes qui s'éteint !
Les sanglants hasards
Cèdent la place à l'Industrie,
Au lieu de remparts
Dressant de fraternels bazars.
Les drapeaux épars
Flottent sur l'enceinte fleurie ;
Et, mère des arts,
La Paix s'installe au champ de mars !

. . . .

Bref : elle en dit tant,
Dégringolant de trope en trope,
L'aiguille en dit tant,
Que ça pouvait durer longtemps.

Mais le *juge* étant
Homme à rendr' des points à l'Europe,
    Il en résulta...
Que c'fut l'aiguill' qui l'emporta.

EN CHŒUR

L'Empereur étant
Homme à rendr' des points à l'Europe.
    Il en résulta...
Que c'fut l'aiguill' qui l'emporta.

PARIS
Imp. L. Voitelain et Cᵉ
r. J.-J.-Rousseau, 15.

www.ingramcontent.com/pod-product-compliance
Ingram Content Group UK Ltd.
Pitfield, Milton Keynes, MK11 3LW, UK
UKHW020333130726
13696UKWH00003B/1314